御定奇門秘訣

卷一
卷二
卷三

中國古代珍本術數叢刊

御定奇門秘訣

湖海居士輯録

華齡出版社

圖書在版編目(CIP)數據

御定奇门秘诀 / (清) 湖海居士辑录; 郑同校定.
— 北京: 华龄出版社, 2012.3
ISBN 978-7-80178-936-5

Ⅰ. ①御… Ⅱ. ①湖… ②郑… Ⅲ. ①奇门遁甲-研究
Ⅳ. ①B992.2

中国版本图书馆 CIP 数据核字(2012)第 047759 号

御定奇门秘诀　一函三册

著者：（清）湖海居士辑录　郑同校定
責任編輯：薛治　齐霁
出版发行：华龄出版社
地址：北京市西城区鼓楼西大街四十一号
郵編：一〇〇〇〇九
电话：（〇一〇）八四〇四四四四五
传真：（〇一〇）八四〇三九一七三
印刷：揚州文津閣古籍印務有限公司
版次：二〇一二年五月第一版
第一次印刷
印数：三〇〇
書號：ISBN 978-7-80178-936-5
定價：六八〇圓

ISBN 978-7-80178-936-5
9 787801 789365 >

御定奇門秘訣目录

御定奇門秘訣卷之一

奇門大小将辨

奇門出師十六占

占遣使　占偵探　占攻城　占間諜

占行詐　占守城　占領餉　占援兵

占粮草　占賊臨境城可居否　占勝負

占賊去否　占賊情虚實　占来人善惡

占伏兵有無　占聞報虚實　占失路

八門生用揔訣　八門生用分訣

八門尅應総訣　八門尅應分訣

九星主用総訣　九星主用分訣

九星尅應分訣　乙奇主用訣

丙奇主用訣　丁奇主用訣　乙奇尅應訣

丙奇尅應訣　丁奇尅應訣　天干尅應訣

御定奇門秘訣卷之二

十二支所屬物類　八卦所屬物類
八門所屬物類　九星所屬物類附九星開闔
十干所屬物類　占失六畜
奇門占卜凡例　占驗門　占天時
占歲時　占國朝

御定奇門秘訣卷之三

占出征　占起造　占安葬　占求名

占陞黜　占求利　占謁貴　占家宅
占婚姻　占孕育　占行人　占疾病
占詞訟　占遊獵　占飲食　占賊來否
占賊方位　占捕捉　占人在何方
三合　六合　五合　三奇合
八卦十干納合　八卦十二支配位
天地德合　驛馬沖合　旬空　四大空亡
卦中空亡　鬼谷三元註解

御定奇門秘訣卷之四
訂釋煙波釣叟歌上
御定奇門秘訣卷之五
訂釋煙波釣叟歌中
御定奇門秘訣卷之六
訂釋煙波釣叟歌下
御定奇門秘訣卷之七
三奇靜應　三奇乾宮尅應
三奇坎宮尅應　三奇艮宮尅應
三奇震宮尅應　三奇巽宮尅應
三奇離宮尅應　三奇坤宮尅應
三奇兌宮尅應　乙加中　丙加中
丁加中　三奇動應　甲干論　乙干論
御定奇門秘訣卷之八
丙干論　丁干論　戊干論　己干論
庚干論　辛干論　壬干論　癸干論

御定奇門秘訣卷之九

丁干互用　六戊在局
十干尅應歌　三奇吉凶斷
六儀吉凶斷　遁甲三奇保應章

御定奇門秘訣卷之一

奇門大小将辨

予思占兵之法奇門六壬起例神煞不同各隨起例不必强合六壬亦以遊都為賊将勾陳為官兵奇門占兵則又不然乃以庚辛為賊之大将辛為賊之副将丙為官軍大将丁為官軍副将若天盤上之庚辛加地

盤丙丁上賊必来若天盤上之丙丁加地盤庚辛上賊不来又五宮為城廓若庚辛加臨五宮主賊入城若庚辛乘天心併開門值旺相之時臨五宮其賊强勝而難守若庚辛乘沖輔在春三月内加五宮其城必破若庚辛加本日支干賊在令日来加次日支干賊在次日来若加第三日支干主賊第三日来加第四日支干主賊不来若甲申庚為陽直加臨四宮第二日防賊加臨三宮第三日防賊加臨二宮賊却

不来以陽直順行一宫該一日二宫至五宫相離四位去五宫遠而不来也若甲申庚為陰符加臨六宫第二日防賊加臨七宫第三日防賊加臨八宫賊却不来以陰符逆行一宫該一日八宫至五宫相離四位去五宫遠而賊不来也以營陣論天禽為中軍大將餘八星為八陣守將直符為所遣之將直符為遣將所使之將合上庚辛丙丁九星八門直符直使察時令之旺相囚死與諸將之逢生逢尅再以真年命詳椎之則其勝敗吉凶如燭炤而数計也又賊將官將所居之地以地盤之宫與天盤加臨之宫照周易卦象斷之卦陽為左陰為右加日時干在前加日時支在後

奇門出師十六占

占遣使

以使者命干為主看天盤命干加臨之宫有干尅命干否如不尅命干使者無實如有尅制去則不来如

與地盤比合或地盤有干生使者命干更生日干不惟使者不死敵國之真情可得用真年命更的

占偵探

直使落營生主宮尅客宮敵情可得尅主宮生客宮不利直使宮自相刑尅不利旺則稍可休囚大凶何為主宮即直符宮何為客宮即六庚宮蓋以直符為主六庚為客也

占攻城

六庚乘旺相星開門加五星其城可尅又地盤天禽所落之宮得旺相吉門者其守將可以生擒得休囚廢沒及凶門守將必死

占間諜

直使為使者丙為自己庚為敵人以趨五步乾法看丙與直使所得支相沖則動否則不動又須看庚與直使乘星庚旺使囚無益庚乘星尅直使乘星無益直使乘星生庚乘星無益直使乘星尅庚乘星間計

必行

占行詐

六丙為自六庚為敵朱雀為詐朱雀在旺地六丙落宮尅六庚落宮或六庚落宮生六丙落宮其術得行如庚被丙尅庚在旺相鄉或六庚落宮生六丙不在休囚廢沒之地主半疑半信六丙落宮被六庚落宮尅六丙落宮不旺相者其術不行恐中反計如常人争訟私鬬亦欲行詐日為自己年為長輩月為同類時為晚輩其占法同

占守城

天禽落宮得休生景門再旺相有六丙其城可守如無吉門旺相再逢天蓬乘六庚加中宮不可守

占領餉

天輔為餉司天衝為將帥青龍甲子戊為餉神天輔落宮尅天衝落宮其餉不發天衝落宮尅天輔落宮不吉両相生比者發又青龍旺相生天冲者餉多落休

因廢沒者餉少

占援兵

凡被攻日久環圍不去六庚開門作敵人必六丙景門合生天機或在左右之宮必有援兵近而且速若離遠少遲若六丙景門逢休囚受尅主援兵不至若天蓬乘六庚則攻者不尅守者可守

占粮草

休豆杜芻生為麦傷為穀開為金銀天衝為主帥以

上五門落主帥宮又五門在四隅宮吉在四正宮不利

占賊臨境城可居否

直符加時干為動為客直使加時支為靜為主值使宮受直符所落宮尅再乘六庚玄武此城不可居或直使落宮来乘尅上此城亦不可居如直符宮與直使相比或受刑受尅敵人雖来不能取勝其城可守或直使宮門兩相比合亦可守

占勝負

直符落宮為主六庚落宮為客直符落宮尅六庚落宮主勝反此客勝又相相則勝休囚則負如主得景驚二門或景驚二門生主宮主勝如客得景驚二門尅主宮客勝如主客相生來必講和如主客俱乘旺相景驚二門相刑尅其力相等不惟不和則有久持不罷之憂如六庚為直符即云主客同宮不分勝負

又日干加庚主勝庚加日干客勝

占賊去否

冬至後自坎至巽為內夏至後自離至乾為內未至六庚加內為至加外為不至六庚落宮尅六庚主賊安營不穩自驚而退如六庚尅落宮再乘玄武天蓬白虎者來必大戰得九天大張聲勢鳴鼓而進得九地偃旗息鼓斂跡而來賊已入我境看六庚在內為不去在外為去總以地盤干支為年月日時來去之期太白入熒賊來熒入太白賊去直使乘賊神臨日

支為本日来前支一日明日来過界不来旺相猖狂

休囚微弱

占賊情虛實

六庚落宮尅直符落宮来情虛詐相生相比来情必

實直符落宮尅六庚落宮其賊惡心不逞如伏吟以

庚與直符本宮看之反吟雖實反復無常

占来人善惡

六庚乘天蓬玄武臨直使為盜賊子夘為寇敵巳申

為奸邪又来人方四季為奸邪四仲為常人四孟為

良善才人

占伏兵有無

看直使在何宮如天盤上有子夘巳申或加日干或

主有伏兵若旺相帶刑必大戰空亡休癈雖来不戰

如子夘巳申不在日時干支上主無伏兵直符上有

子夘巳申加本時干賊在前加本時支賊在後

占聞報虛實

甲乙壬癸四時聞事虛憂喜俱無逢戊丙聞憂無聞喜有逢六丁聞憂無大憂聞喜無大喜逢己庚聞憂喜俱寡逢六辛憂喜俱半

占失路

凡行兵遇深山曠野或昏夜之間三軍迷路就立處定其方向以月將加時從天罡指處行之百步外自遇大路

八門生用總訣

欲求利市往生方捕獵須知死戶强索債須從傷上去杜門有事好逃藏若要遠行開位出休門最好遇賢良捕捉驚門應合得思量酒食景門香

八門生用分訣

開門所臨萬事通將軍遠出必成功此門顯赫偏為利亦可入官謁相公休門諸事得安靜正可揚名征不庭萬里乘舟皆順利往来水面如青蜓生門陽氣正充隆大將宜居擊對沖凡百所為皆稱意麒麟閣

上著元功傷門出入多凶傷吉事行来見血光此門只可作漁獵餘事若為主敗亡杜門閉塞陰氣濛誤而出此失西東只宜斬鬼除凶祟如或出師道不通景門奇麗正光陽献貢上書宜此方嫁娶宾圍均可用除期之外俱為殃死門死事更何論誤而出此命難存八門惟此凶灾甚只宜射獵送幽冥驚門出入心不安舉念行時須審看若有奸謀生異事此門捕擒不為難

八門尅應総訣

休遇陰（陰日）陽（陽日）貴賤詢江湖遊樂下絲綸生見鄉人談産業傷逢詞訟閗爭論杜門逃遁男共女或遇山林去採華驚逢罵詈婦年少閗鬧貪淫賭賻因景運二生燈火樂開逢官貴白頭人死門病厄並田獵送殯扶棺入穸窀

八門尅應分訣

時出開門仔細詳官人騎馬自乾方白頭趕豬或衣

白夏赤冬亥餘素裳休門桃水着去裳或是中男運酒漿商賈魚塩從此至弓矢無事也期張生遇客人車載粮農家赤子學農桑不然運土或平路天尾摇遊迎道傍傷門閧打鬧轟轟兎走狗追亂縱横又見車輪將足碾當塗破面訴冤情杜見填坑塞穴卽不然長女緑衣裳長繩柔木桃雞走迯起化鄉欲躲藏景遇燒香賽鬼神張筵沽酒樂嘉賓穿紅女子南方止又見投書獻策人死門送殯哭啼啼誅謬刑刑最

慘悽草枯將軍為獵射狗追狡兎鷹追雞驚門所遇多驚慌少婦身穿縞素裳師巫紛紛多口舌行逢熱鬧博戲場

九星主用総訣

九星所主事端明天蓬保國保長生天芮交朋宜守道天冲報怨利師行天輔藴身宜設教天禽祭祀望元亨天心治病宜修樂天柱屯兵永不驚天任請謁求財利天英千里樂前程

九星主用分訣

天蓬之宿鳥防星此時諸事且宜停邉疆只可固其壘若守渠魁悖自寧天芮之星凶又危此時萬事不堪為將軍遠擊凶須至士卒死亡潰亂隨天冲之宿星之英執怨覆仇任縱横更有三奇相合會軍聲萬里如雷轟天輔之星神氣清只可保身免罪名遠擊必然損將士近攻稍利軍還羸天禽之宿位居中正正可揚丘播遠風赫赫厥聲威萬里九州貢賦樂嘉

賓天心之宿星之机修藥合凡事尚微正可揚兵威萬里江山社稷一戎衣天柱之星列宿城只宜堅壁固其營此時戰鬬無攸利馬死人亡主帥斃天任之星列宿儀上章献貢寶珠奇舉兵先動四時旺一鼓千夫敵萬騎天英之宿星之衢式飲庶幾莫瞿瞿我動血光定不免敵来白馬變紅駒

九星尅應分訣

出行門外遇天蓬須見江頭作釣翁多髮身肥面帶

黑星辰相在是名公時逢天芮誰相對痣黑面青又駝背肚大身肥班點多鄉民老女真堪配出行門上遇天冲所見無非好動翁髮重身軀却短小捕漁獵射情性雄出行門上遇天輔避難逃亡到此土好靜心閑身瘦長官人婦女或三五出行門上遇天心色白面方醫家深賦性剛強有果斷斯文雅致好懷襟出行門上遇天柱伶俐巧言如鸚鵡破嘴缺唇並損目陰人口舌相陵侮出行門人遇天任口濶眼圓五

短甚面白身肥不待言林為居室山為枕出行門上遇天英身大頭尖多嘴鳴面赤身搖賦性燥口中常作讀書聲

乙奇主用訣

日臨震地出扶桑此處原来是祿鄉到巽乘風百凡吉南離紅日正當陽坤雖非墓其時昃受制兑方日晦光乾上不宜為入墓坎方出海謀為良若加東北艮寅地日映青雲事事昌

丙奇主用訣

南離月照端門方升殿貴人也要詳子午符頭勿急用寅申辰戌用之艮子歸母腹臨坤吉兑上鳳凰折翅狹入墓乾宮光必晦懐胎坎上豈云强艮宮飛起丹山鳳月照雷門震百方昌風起火行神威助巽方作用永安康

丁奇主用訣

六丁本是火之精来到震方光欲明玉女留神臨巽地火行風起象方成離宮太炎金消爍暴燥不常莫用兵玉女臨坤遊地户謀為俱利任君行兑方天乙来升殿丁火從来此地生火照天開光六出誰云玉女不崢嶸艮宮入墓逢凶鬼朱雀投江怕坎泓

乙奇尅應訣

乙到乾宮見貴人老翁僧道互相親有人頭病或頭破以地推看尅應真

乙臨坎位見行舟隐士歌謡湖海遊僧道若鳴鐘鼓

器或為桃水到江頭乙艮路逢男少年顯官貴婦勅
書宣兵丁隱士来相應此訣須知是秘傳震逢武士
及顯官聲勢逼人令胆寒鐘鼓金戈霹靂响雷門日
照應来端乙来巽四貴人来貴母求神哭泣哀竹木
長繩桃米至或乘轎馬閒徘徊乙離三教為明公傑
士亦當從此行斧鉞圓物並火把邪言背義遇天蓬
乙坤寡母有残病避難逃亡為性命椤腹挑柴或力
耕不然築土或穿穽乙兌争攘口舌生或聞鐘鼓金
鐃聲婚姻喜事言相賀必定星門吉格成日中種菜
培園林伐木丁丁聽鳥音空地栽花或接果潛藏瓦
器掘坑深

丙奇尅應訣

月照天門臨下官或同貴母相盤桓武夫赶赶執凶
器氣象威風也好看月到坎宮為女娘小兒捧盒品
多裝乾魚蝦醬並醎豆茶品塩煎白菜湯月来臨艮
人多壽古畫蒼詩蒼且秀器物方圓或損傷武夫亏

弩皆如穀東方月出正徘徊寒士畏寒抱火来乘馬合圍元獵射醉人捧盒待人開月到東南現任官法麗吏卒逃亡看龍頭拐杖絲繩繫丙火臨官與巽刑月到離宮陰貴人受封極品啟朱唇誣言患眼物燈火丙旺南方尅應真男女不明月到坤牛羊為禮或爭婚挑粮運土或奇果烏鵲皂衣益瓦盆月到西方妓女身巧言滑語善歌吟傾消金錫鑄銅鉄覓食紅爐匠藝人月到中天見作墳築墻寒路甚殷勤有人

捧物手雙舉氣象合和甚喜欣

丁奇尅應訣

星到天門見婦人奴婢挑禮去看親或牽生畜頭生角持斧執刀或鑿金丁加坎土為爭論婦人被傷聲欲呑病久呻唫訴苦楚黑雲驟起遮鄉村星臨艮位婦行獨懷抱小兒失路哭挑土不然携瓦器文書紙筆往来速星出東方婦病厄妓女私情寄遠客巧言送禮皆淫亂樵子挑柴暗入宅東南星旺星光燭喜

笑呵婦有祿或見人懷美氣懷即然破損亦非俗
南方星耀見夫人内則克嫻德更紙交合争婚皆尅
應火盆柴炭烘籠新丁坤應見女私奔或母同行赴
遠村運土牽牛抱瓦器若非皂色即烟熏丁加兑見
有權人喜悦成晋合秦鎚打金銀聲入耳文書考門
不明嗔星照中宫婦持家詩人畫士兩相誇或逢燒
煉金丹容自負火候總不差

天干尅應訣

十干尅應不難支五子元甲起遁時甲遇青衣貴客
至陰陽從日辨其支

此法從五字元遁至用時看是何干如遇甲為天
福必逢着青衣而至陽日是男陰日為女應之

六乙貴人僧與道若非術士即名醫六丙飛龍赤白
現不然騎馬應為期

乙為天蓬陰日必是僧道九流瞽目卜命之人陽

日必是貴人高賢明哲之人丙為明堂陰日必是貴人着青衣騎赤馬女子應之陽日為貴人乘白馬着青衣男子應之

六丁玉女遇佳人美貌儀容衣服新六戊旂鎗並鑼鼓歡歌舞蹈樂嘉賓

丁為玉女故主佳人陰日着紫衣陽日着紅衣應之

戊為天威陰日必有親朋作樂以宴嘉賓陽日必是鑼鼓旂鎗武人應之

六己逢人衣白黃要分男女列陰陽六庚孝服或兵吏刑獄檄文移在傍

己為明堂陰日白衣女人陽日黃衣男子應之

庚為天獄陰日必是孝服白衣之人或訃文来報陽日必是兵刑獄吏之人或提文檄文来移應之

六辛白馬鳥飛跑雷電六壬雨雪拋六癸天藏為孚好或為漁父嘲歌敲

辛為天庭陰日必飛烏鴉鵲鳴吽陽日必白馬或
白衣應之
壬為天牢主雷電雨雪陽日衣皂男子陰日衣白
女人應之
癸為天藏又為天網陰日為孕婦陽日為漁父網
罟之人應之

御定奇門秘訣卷之一終

御定奇門秘訣卷之二

十二支所屬物類

子 天時為雨雪為霜露 地理為正北為江河為溪澗為井泉為溝渠為池沼為潦池為水道為畢逕 人物為師巫為婦人為賊盜為舟人 人事為哭泣為沿水為流血 身子為短棧黑黑小為黑瘢 身體為耳為腎為血 時序為十一月為癸年月日時 靜物為繩索為帶子 動物靜為蝙蝠為燕為鼠 飲食為羹湯為水中物為鹹味 疾病為目疾為泄瀉 衣服為絲棉為黑色 姓氏為宮音為帶水姓 字部為點水為一頭為子傍

丑 天時為雲霧 地理為塚墓為丘田廟堂為牛圈為圈圃橋梁 人物為僧尼為貴人為尊長為肥胖 靜物為寶石為珍璆珠為車橋為鞦屨為鎖鑰為斗斛 動物為牛畜 飲食為牛肉為甘味 疾病為頭禿為眼疾為頭偏為面斜為斑瘢點 時序為十二月為癸水年月日 衣服為皂色 姓氏為徵音為姓田為姓牛 字部為絲傍牛牛傍土傍牛頭田頭田脚

寅天時為風地理為山林為橋梁為公門為廟觀人物為公吏為賓客乘玄武為道士
身才為修長為有鬚時序為正月為甲年月日靜物為寶刀為劍為大樹為香炉為花
木動物為虎豹為猫兒疾病為脾傷飲食為木果為酸味姓氏為徵音為姓山
或姓曹帶木姓或字部木傍山傍甲虎傍鬼傍
卯天時為雷鳴地理為街為門傍人物為長男為術士身才為顴骨高面青
靜物為舟車為草木床榻為橾凳為竹木盤盒動物為騾狐為兔為綫疾病為手肱肝胆疮
時序為二月為卯乙年月日姓氏為羽音為宋姓加六合為董姓字部為木傍為
艸頭為走之為門門部户首為才傍為踢手林傍
辰天時為雲地理二為崗嶺為寺觀為麦地為土堆為田園人物為候人為屠宰為僧道為
醜婦為男孫係為好動人事為爭訟好動為戰鬪身體為肩背容貌為面方為色黄靜物
為碾磑為磁器為硬物為五尺為綢羅為皮毛為軍器動物為蛟龍為水族飲食為腥羶為
甘味疾病為傷腎為流血時序為三月為乙辰年月日姓氏為商音為姓鄭為姓龍為
姓陳為姓亢字部皮傍毛傍龍字及有鈎
巳天時為電當晴疾病為三焦為小腸為咽喉為心驚靜物為弓弩為鐺銚為磚瓦為
磁器為花果為連繞之器動物為飛蟲為蜈蚣為蚯蚓為蟒蛇飲食為炉食為苦味時序
為四月為丙戊年月日姓氏為角音為帶弓為帶火姓字部為火傍為丙戊傍為風傍為弓

為鷄為雉雞子為麪食為𠲜味**靜味**為鏡為石為錢為紙為珎珠為門銷為小刀為銅器為釵為金

器為小麦為瓜骨為碓磨**動物**為雞為雉為烏鴉為鴿子**時序**為八月為辛年月日**姓氏**

為羽音為帶金姓**字部**為金傍為酉傍為口傍為小刀傍

戌天時為雲霧**地理**為山崗為寺觀為虛堂為牢獄**人物**為僧道為獄吏為乞屠兒為

念佛人為僕人為欺詐人**相貌**為肥胖為有鬚為頭尖面狹**疾病**為脾胃脾腹**靜物**

為磁盆為磚瓦為印綬為數珠為枷杻為碓為餿為葫蘆為朝服**動物**為犬為驢**時序**為九

月為辛年月日**飲食**為五穀為甘味**姓氏**為商音為辛為帶土姓**字部**為豕犬傍為辛傍

為土傍為山傍

亥天時為雨雪**地理**為山崗為寺觀為廁坑為江河為寺觀為貴宊為水榭**人物**為乞丐為

赶猪人為小兒為漁翁**疾病**為心病**相貌**為身短為鼻大**靜物**為傘笠為梅花為帳

幕為毛髮為管鑰為筆墨為畫圖為麻布為紬絹**動物**為猪為象**飲食**為酢醬為醎味猪**姓**

氏為角音為魚為明為鄧為六合為藴**字部**為豕傍為魚傍為點水

八卦所屬物類

乾為天為圜為君為父為玉為金為寒為冰為大赤為良馬為老馬為瘠馬為駁馬為木果荀九家有為龍為直為衣為言

天時為雪霰　地理為西北為京都為名勝之地為高穴之所　時序為秋九月為十月之交　人物為君為父為大人為尊長為官宦為名人為公門中人　人事為圓成為剛健為武勇為果決為高上上不屈為多動少靜　身體為頭為項骨為肺　靜物為金玉為圓物為寶為氷為珠冠　動物為馬為天鵞為大象　屋舍為公廨為樓臺為驛舍為高堂為大廈　飲食為馬肉為乾肉為珍味為多骨為木果為肺為諸物頭為圓物為辣味為饅頭為㨃餅為丸子為支圓　疾病為頭面之疾為肺病為肋骨之疾　姓商音帶金傍姓氏　字方圓之屬只有邊傍

坤為地為母為布為釜為吝嗇為均為子母牛為大輿為文為衆為柄其於地也為黑荀九家有為牝為迷為方為囊為裳為黃為帛為漿

天時為雲為霧為霞　地理為西南為田野為鄉里為墻壁為平地為城邑　人物為儒為農為鄉人為衆人為儒妻為老婦為大肚人　身體為腹為脾為胃　時序為四季月為未申年月日時　靜物為方物為菜物（穀）為布帛為絲綿為五穀為瓦器　動物為（為牝為）牛　飲食為牛肉為土中物為笋為薯芋為（大）腹中之物為野味為五谷　茅（屋）舍為村居為田舍為土堦為低墻為倉庫　疾病為腹疾為脾胃為飲食停積　姓宮音為帶土姓氏　字為土傍為圭傍為牛傍文傍黑（傍）布傍　人事為柔順

震為雷為龍為玄黃為旉音孚陽氣佁施之意為大途為長子
為決躁為蒼筤竹為萑葦其於馬也為善鳴為馵
足懸起而馵足也為作足騰起而作足也為的顙其於稼也為反
生其究為健為蕃鮮茍九家有為玉為鵠為鼓
天時為雷為虹 地理為東方為木為鬧市為大途為門戶枋為山（竹）林為山木茂盛 人物為長
子為商客為將士 身體為足為肝為聲音 飲食為蹄肉為鮮肉為酸味為麩食為包
子筍 疾病為足疾為肋（肝膽）脇疾為驚恐為瘟氣為傷胃 靜物為竹木為萑葦為木盤為
竹筐為舟車為算子筒為笙管為鼓 動物為龍為蛇 屋舍為東向之居為山林或樓閣

姓為角音為帶木之姓為雷 字為工乂木之傍為足傍為立畫偏捺之屬 人事為動
巽（為柳）風風為木為長女為繩（直）長為工為白為長為高為
進退為不果為臭其於人也為寡髮為廣顙為多
白眼為近利市三倍其究為躁卦茍九家有為楊
為鸛
天時為風 地理為東南為林苑為園圃 人物為長女為秀士為山人為仙道 身體
為股為氣為膽（胆） 屋舍為東南向山林之所 飲食為雞為腸肚酸味為蘇菜長麵 疾病
為股肱之疾為風為中風 靜物為木香為繩直為竹木工巧之（器）匠為麻 動物為雞

為鶩為鴨為善鳴之禽虫時序為春夏之交三四月為辰巳年月日時姓為角音為帶木
風姓氏字為草頭為木傍為竹頭為西頭為辛傍方魚舟風絲等傍人事巽順善入

坎為水為溝瀆為中男為耳為尿為隱伏為矯輮為弓輪其於人也為加憂為心病為耳痛為血卦為赤其於馬也為美脊為亟心為下首為薄蹄為曳其於輿也為多眚為通為月為盜其於木也為堅多心荀九家有為宮為律為可為棟為叢棘為狐為蒺藜為桎梏

天時為月為雨為雪霜為露地理為正北為江河為溪澗為井泉為溝渠為池沼人物為中男為漁火為舟人為賊盜身體為耳為腎屋舍為向北為酒館為茶房飲食為鹽酒為猪肉為魚肉為海味為蝦蛛為宿食為帶核物疾病為耳病為心疼為血氣為感寒為泄腎靜物為酒器為水桶為車輪矯輮之物為帶核物動物為豕為魚為水中蟮鰍時序為冬十一月為子癸年月日時姓為羽音水傍姓為江海為水字為兩頭為點水為耳傍為小頭為月傍為弓傍人事為陰險

離為火為日為電為中女為甲冑為兵戈其於人也為大腹為乾卦為雉為鼈為蟹為蠃為蚌為

目疾心疾
疾病火症

龜其于木也科上槁荀九家有為牝牛

天時為日為電為虹為霞地理為南方為窑灶為堂殿為簷窓人物為中女為文人為目病人為甲胄之士身體為目為三焦屋舍為虛室靜物為文具為文書為干戈動物為雉為龜為鱉為螺為蟹為蚌蚌飲食為雉肉乾肉為煎炒肉時序為夏五月為午丁年月日時姓為徵音為帶帶火立人傍姓字為火傍為日傍為立人傍人事文明

艮為山為少男為手為徑路為小石為閽為果蓏為閽寺為指為狗為鼠為黔喙之屬其於木也為堅多節荀九家有為鼻為虎為狐

天時為雲為霧為山嵐地理為東北為山徑為近石城為丘陵坟墓人物為少男為閽人為山中樵採人身體為手指為鼻為背為足大趾屋舍為東北向為山居近石路飲食為諸獸雜物為薯芋為筍為山中所出百合疾病為手指之屬為脾胃之病靜物為土石為瓜果為瓦器為錢袋動物為狗為鼠為虎為黔喙之屬狐時序為冬春之交為丑寅年月日時姓為宮音為帶土山姓氏字為山傍為土傍為牛傍為田傍人事為知止

兌為澤為少女為巫為口為口舌為毀折為附決從而復絶也其於地也為剛鹵為妾為羊荀九家有為常為輔頰

天時為雨澤為新月地理為水澤為剛鹵之地為廢井為破垣之園人物為少女為媒婆為牙人為妾巫身體為口舌為肺為輔頰為唇齒屋舍為西向為近澤之所為破壁為廢宅為破房為門戶有損飲食為羊肉為澤中物為宿食為辛辣味靜物為金及為鐘為鑼為金鐸為臭銅為酒盞酒瓶動物為羊為魚時序為秋八月為酉年月日時疾病為口舌咽喉之疾為氣逆為飲食不進姓為商音為帶口帶金姓字為羊傍為鹵傍為金傍為口傍為有鈎字為刀傍人事喜悅

八門所屬物類

一休門　天時為雨露　地理為江河　為井穴　為溝坑　人為盜賊　生物為猪魚　死物為鑾曲　食物為茶酒羹湯　相貌為多鬚　顏色為黴黑　姓氏為宮音　字為點水傍

二死門　天時為雲霧　地理為城隍廟　為土社祠　為田野　為倉庫　人為筭卜筮師　老老母　為道姑　為村女　為舖戶　生物為牛　死物為砂石　食物為藥丸　為五穀　相貌黃面黃　為駝背大肚　為黑痣　顏色為黑　姓

五
天時雲　霧
地理九州屬中州　營陣屬中營
人物治田耒耜器
相貌
顏色黃
生物
死物石砂土　土中所出物
食物五穀　甘味
姓氏宮音
字畫田傍　土傍　中字頭　身

氏為徵音　字為土傍

三傷門　天時春夏為雷秋冬為風　地理為泰岳宮　為山林　生物春夏為龍秋冬為魚　用物為舟車　為有聲物　為竹器　人為長男　為𢱢獵人　相貌為身長髮重　顏色為碧　食物為竹笋　為腥膻味　姓氏為羽音　字傍為竹頭為草頭

四杜門　天時為風地理為香烟神廟　為山林竹舍　為茅岡樹蓬八人為長女新婦　為秀士隱者　為工巧藝人生物為虺蛇　用物為長繩食物為麵為鮮味木果　相貌為身長而瘦　服顏色為綠　姓氏為角音　字為竹頭為草頭為木傍

六開門　天時為大晴　地理為高阜　為崗嶺　人為君父為官貴為金銀僧道　為威武握重權之人　生物為馬　貴物為金銀　常物為銅鐵

用物為刀舠針鏈　食物為頭腦多骨　為辣味
葱蒜之類　相貌面方頭圓　顏色冬元夏赤春
秋白　姓氏角音　字金傍

七驚門天時為雨澤之細微者地理為溪泉溝澗為
壞屋廢井八人為少女妓妾　生物為羊　用物
為破損　補器為銅錫石針　食物為羊肉辛辣
相貌為缺牙損目姓氏為羽音　字為金傍刀
傍口傍　顏色白

八生門　天時為雲為霧地理為山逕為石岸　人
為少男為山中採樵人相貌完為肥胖　為方面
為五短〃　為眼圓口潤　動物為虎豹豺狼為
鼠　靜物為土石為磚瓦　食物為獸蹄為五穀
雜味顏色為白為黃姓氏為徵音　字為山傍為
土傍

九景門　天時為晴為熱為電光地理為窑竈為爐
場為食店坊人為文士為中女　相貌為身大頭

尖而面赤生物為龜鱉蝌蚌　靜物為火具為甲胄食物為爐食為煎炒為中空味苦之物味顏色為紫赤為宮音　字為火傍為日傍為立人傍

九星所屬物類

一天蓬主人肥長多鬚面微黑色餘同休門所屬　常遊江湖中詩人

二天芮主人黑痣班點面黃背駝肚大餘同死門所屬　或鄉民土老女人

三天衝主人身短重髮好動餘同傷門所屬

四天輔主人身才長瘦好靜餘同杜門所屬　或隱士避難之人

五天禽以天下論為君王以出師論為主將主人性情不常面方五短獨立為人　附五宮所屬

天時為雲霧地理以九州論為中州以營伍營為中營動物為耒耜治田器靜物為石為砂為土為中所出之物生物為五穀為土味為甘顏色為黃姓氏為宮音字為田傍為土傍為中字頭

六天心主人面方色白斯文好靜在申酉月為人性

刧餘同開門所屬

七天柱主人伶俐巧言或缺齒損目之人餘同驚門所屬

八天任主人肥胖黃白色五短眼圓口濶餘同生門所屬（少弱常居山林）

九天英主人頭尖身大面赤多言性燥餘同景門所屬

附九星開闔

天盤陽星加地盤陰星為開利於客宜先動

天盤陰星加地盤陽星為闔利於主宜後動

八神所屬物類

直符烟波釣叟歌云天乙之神所在宮大將宜居擊對衝假令直符居離九天英坐取擊天蓬觀於此而直符之為天乙貴人也明矣奇門一得亦曰直符乃天乙貴人如臨六七八宮宜請謁出入名利戰訟等事大吉如臨三四宮宜揚兵耀武凡為皆

吉如臨一二宮百巻百就又宜布陣教習軍武等事觀於此而益信直符之為天乙貴人也舊以直符居六甲而以為屬木觀此二書以為天乙貴人蓋天乙貴人實居已丑不如六壬以天乙為屬土之為的也雖然八神本位雖各有所屬還宜照大六壬某神所乘之宮所乘之宮作天盤或受地盤尅或受門所尅亦為之夾尅主所為之事不由自已也

直符天乙本位屬丑土天時為風伯（乘巽主風）為雨師（乘坎主雨）地理　桑園為墳墓人為人君為貴人相貌為黃白色（為頭禿）動物為牛為龜鱉貴物為珍珠常物為鎖鑰為斗斛賤物為鞋履色為紫皂姓氏為徵音字為牛傍為田傍土傍又當以所乘之盤斷其所屬更準

騰蛇本位屬已火天時為晴地理為爐冶場生物為蛇蚓為飛蟲用物為畫為磁器食物為爐食為苦

味人為乞丐為婦人相貌為輕狂為腿搖姓氏為角音字為火傍更以所乘之盤斷之為準

太陰本位屬酉金天時得土為連陰得水為雨地理為街巷人為陰貴人相貌為清標瘦美生物為雞用物為門鎖為刀劍食物為菓食姓氏為羽音字為口為金傍更以所乘之盤斷之更準

六合本位屬卯木天時為雷加三宮更驗地理為街巷人為婦人女平相貌身長生物為騾為兔用物為草為符為旗竿為舟車為門窗為香盒食物為蔬菜姓氏為羽音字為木傍為草頭更以所乘之盤斷之更準

白虎本位屬申金天時為風為雪霜地理為道路

勾陳本位屬辰土天時為雲霧地理為土堆崗嶺人出兵白虎為軍徒勾陳為候人捕盜白虎為公人勾陳為捕役事類白虎為積尸為死喪勾陳為殺伐為屠宰用物白虎為刀劍勾陳為破皮姓氏白虎為徵音勾陳為商音字白虎為金傍為刀傍勾陳為角傍為土傍再以所乘斷之更準

玄武本位屬子水朱雀本位屬午火天時為雨為露為晴為電地理為井泉為溝渠為河道為道路為城門為宮室人玄武為盜賊者朱雀為驕馬人物玄武為傘笠為畫圖朱雀為旌旗為書畫姓氏為宮音字玄武為點水朱雀為火傍再以所乘斷

九天是六甲之始干支之長自甲數至壬其數九故曰九天周易起渾天甲子訣曰乾金甲子外壬午蓋為此也乾卦屬金誰謂九天之不屬金乎夫既取象于乾而屬金凡其所屬之物類無一不與乾同欲推其類則當從乾

九地是六甲之終干支之末自乙數至癸其數九故曰九地周易起渾天甲子訣曰坤土乙未外癸丑蓋為此也坤卦屬土誰謂九地之不屬土乎夫既取象於坤而屬土凡其所屬之物數無一不與坤同欲推其數則當從坤

十干所屬物類

甲為天福時為風地理為山林為橋梁人為貴人為賓客相貌為長大動物為虎豹為貓兒靜物為神

樹為花木為寶刀為劍器為香炉為神像為徵音
字為木傍為佳字傍
乙為蓬星天時為日為雷地理為街上為門窓間人
為婦女相貌為細長動物為騾為兔靜物為草木
用物為舟車為盤盒為旂竿姓氏為羽音字為乙
傍為草頭竹頭寶盖頭
丙為明堂天時為月為霞為電地理為城門為窑竈
為宮室人為威武人為乗馬貴人相貌為面赤生
物為飛鳥用物為旌旂為書畫食物為苦味姓氏
為宮室字為火傍
丁為太陰天時為星地理為隴頭為煙燉人為婦人
相貌為頭尖動物為飛蟲植物為花木靜物為磚
石為磁器食物為苦味姓氏為徵音字為火傍
戊為天門天時為雲霧地理為土嶺人為首領相貌
為豊厚物為五尺為磁器食物為甘味姓氏為　音
字為戈脚為土傍

己為地户天時為雲霧地理為墻垣人為白頭翁為寡婦為架鷹人相貌五短黃白色生物為鷹用物為醮器姓氏為徵音字為羊牛傍土傍

庚為天獄天時為寒為雪地理為城郭廟宇人為大盜為軍徒動物為獅子用物為刀劍為絹帛加天辛為金銀姓氏為徵音字為金傍卓刀

辛為天庭天時為霜為涼地理為街巷人為陰貴人相貌為清秀生物為鵓雉用物為門鎖為刀劍姓

氏為羽音字為口傍為金傍

壬為天牢天時為大雨地理為江河為后宮為獄官相貌為秀而黑生地為燕子為蝙蝠用物為衣服為索子姓氏為角音字為點水傍

癸為天藏天時為小雨地理為水道人為醉漢生物為魚鱉用物為麻布紬絹姓氏為徵音字為點水傍

占失六畜

凡占失畜須看真畜地盤坐何宮天盤帶在何宮即知其畜所在之方再看生尅衰以斷有無如真畜落空或所坐之宮在空方只以八卦畜象斷之

奇門占卜凡例

凡用奇門占卜要知體用先鋒何以為體日干是也何以為用歲干月干時干是也蓋以四干上所坐之干是也要與本干相生相比相合而更要與日干相生相比相合是一體而三用也何以為先鋒日干上

遁格之吉凶固為己身之災福若夫歲干所遁之吉凶應在一歲月干所遁之吉凶應在一月至于時干所遁之吉凶應在一歲月干所遁之吉凶應在一月至于時干所遁之吉凶當下便是所謂歲月遠而時近也故以時干為先鋒況時干遁得吉格其吉已有七分再日干遁得吉格以時干生日干或時干與日干或比或合則得十分之吉矣歲月二干揔有吉格而與日干相生相比相合其吉不過三分而已所謂

遠水不能救近渴故以時干為先鋒此占本身之法也若占祖以歲干為體餘干為用若占父以月干為體餘干為用若占子以時干為體餘干為用四干雖互為體用而遁格皆從時干時支起故以時為先鋒

凡所用之神煞皆從支起奇門自地盤時支推移而外並不見有安支之處即欲看神煞之加臨以斷禍福欲從末由予因古人以星從干国以干裝星上以門從支亦以支裝門上則八門所加皆帶神煞其格

既成神煞俱任有何不可假之以斷吉凶乎況六畜之類神在十二地支交加占走失即不用月將加時以遁甲之法推之其方位有無無不可知

凡用奇神占卜者俱于天干上看遁格地支之上皆置而不論予以為干支俱重不得取一而遺一即如占家宅也皆看天干上之格局生尅而不知干為人而支為宅干所坐之宮為人之所同而支所坐之宮為己之所獨干所坐之宮如州城都邑衆人共處

支所坐之宮如人之私宅各門另户他如捴法天機所論以歲干為父以月干為伯叔其説固不是即有以歲干為祖以月干為父以日干為己身以時干為子孫者似也猶未詳也予以為當以歲干為祖歲支為妣月干為父月支為母日干為己身日支為妻身時干為兒時支為兒婦時所生之干為孫所生之支為孫婦每於其上看其遁格生尅則何人之吉凶自一一不爽也

凡用奇門占勝負者皆知以天盤為客地盤為主不知以庚所坐之宮為賊居直符所坐之宮為軍營六庚為賊將直符為官將獨不聞黄帝制遁甲之法以庚為賊以甲為仁德之君乎

占驗門

占天時

凡定天時以戊為始以交節日時為主不論節氣在陽局陰局内時甲在陰宮陽宮中只以戊所臨宫其別

其陰陽而已如戊在陽宮戊六為陽本宮之星門皆陽戊在陰宮六為陰本宮之門星皆陰不但五日一元之六戊以此定其陰陽即一氣三元之六戊俱以交節之時看首戊而為定戊之陰陽既定然後如常用遁若陰戊加於己庚辛壬癸五陰干上又在陰宮逢生旺沐浴見金水星與日干飛来三合水局必有大雨且久若其當大雨而或有火星則主電或金入木宮或木入金宮則主雷若數者俱全則主大雨雷電交作若陽

戊加己庚辛壬癸逢生旺沐浴或有金水星或三合水局亦主微雨或日中下雨若陽時火旺無雨若陰時水旺有雨若陽戊加己庚辛壬癸在陰宮逢生旺沐浴見金水星合水局主大雨不久以其戊陽而無生雨之根也

予以為交節時干為主如時干己庚辛壬癸為陰是甲乙丙丁戊為陽干頭遁得雲遁龍遁主一氣之中多雨干頭遁得風遁虎遁主一氣之中多風占法

與上時戊同如交節時干上見風雲龍虎占卜之時其干飛布會日亦如其應如交節時干遁得雲龍與所占日時干合而化水化金即主雲興雨施如交節時干遁得風虎與所占日干合而化木即主虎嘯風生又交節時支與所占日時之支三合水局即主雨三合木局即主風三合金局即主連陰三合火局即主久晴更於八門詳八卦乾主晴坤主陰兑主晴久晴而主陰至於十干之中震為雷艮久陰而主晴久

晴而主陰至于十干之中巳為地户而為陰庚為大白加壬為大雨加乙為大風辛亦為虎占為庚同壬大雨而癸小雨丁為星而為虹丙為月而為電乙之為龍古人已明言之矣再觀生旺沐浴衰墓陰陽無不應驗何必專看交節之時戊哉

占歲時

凡占歲中豐盈歉嗇看五穀何類神加在太歲干何類神與太歲同宮遁成格局以定豐歉叅之以生尅

無不應驗類神者何如九星也天蓬為蕎麦天芮為粟為菉豆天冲為黍天輔為芝麻天禽為麥天心為稉米為糯米天柱為赤豆天任為大豆天英為早(紅米)如十二支也子為黑豆菜蔬丑未寅為棉花芝麻為粟穀卯果辰或(戌)為蟲蝗巳為黍午為小豆為赤豆申為大麥酉為小麥亥為稻若辰戌丑未為類神之刑尅害墓者主其禾被蟲傷

除天時歲時而外皆人事也凡占人事俱以日干

為主宰時干為端倪時干上遁格之吉凶為作事之中流日干上(總)遁格之吉凶為作事之結果雖凡占各有體用而不離乎(此)二者為樞機

占國朝

以歲干為君王以歲支為四海以月干為大臣以月支為分治以日干為郡縣以日支為守土以時干為民人以時支為民業觀其遁格辨其生尅則君臣官民可得而知也

卷之二終

御定奇門秘訣卷之三

占出征

歲干上看吉意月干上看部文日干上看將帥時干上看士卒以上盤為客下盤為主再詳領兵官及頭(目)本命之天干(干)觀其酒格之吉凶兼之星門生剋則(旨)意之寬嚴部文之美惡將士之吉凶主客之勝負可以預知门(又將)以將領之本命天(干)推之則何人利于征伐何以(人)利于埋伏何人利于中鋒何人利于接應何人利于固守預定其人而大小量庶無悞也又官軍看直符宮

(賊)則兵看六庚宮法本黃帝不可不知

占起造

若坐(向)相與宅主命有貴人祿馬到宮或所作之方合本局符使或生門三奇飛到坐向或天禽星鎮中宮得門生宮或太陽正照(即本月月將)無有不吉不但占得(遁)如此為最佳凡選日時者亦當預擇如此日時

占安葬

若符使合格奇儀得令并年月日時干支並奇儀合

禄馬貴人到山遁格不尅生命亡命為上吉再合太陽到山到向或分金尤吉不但占得如此為美選日時者亦當斟擇其如此若生命亡命能選其飛到山向再合吉格更妙

占求名

若試官未臨本地以試官為客諸生為主若試官已至本地以試官為主諸生為客遁得主客相合求名易成若見刑尅當辨主客若諸生生官用人力而後

成官生諸生順利無阻如官生諸生臨其本命行年再合吉格必首拔如諸生生官奇儀墓尅再合凶格文章失意人力皆虛即成亦遲若在衰墓之宮又逢其迫而則冲因名致敗禍不旋踵主客之義大矣哉

占陞黜

以本命所居之宮與太歲所居之宮為主以天驛二馬日禄皇恩為憑如太歲所居之宮生本命局宮再帶二馬皇恩必陞如太歲宮尅本命局宮兼之禄馬

落空必黜如本命宮生太歲宮天子喜本命宮尅太歲宮天子怒欲知食禄何地當以禄所臨之宮而看其分野

占求利

坐鋪求利者以地盤為我天盤為人出外求財者以天盤為我地盤為人凡求利求財者俱要人生我合吉格則得若我生人合凶格則不得若干星相尅支宮相冲因求財招非更遇凶格除不得財而反破財

愼之愼之

占謁貴

貴人已至因其来而求謁以天盤為貴以地盤為我貴人在彼我欲往而求謁以天盤為我以地盤為貴凡占謁貴者要貴生我則有益更合吉格則獲我生貴則無益更合凶格則取辱若只比合而不生我不過式飲庶幾式食庶幾揔有資斧亦毫末耳倘遇星干相尅宮支相冲再合凶格不惟無益又恐觸貴怒

而取禍慎之

占家宅

此時適得門生宮上干生下干三奇六儀臨旺祿而生宮主宅舍清寧人口平安如生門生宮主有田產布帛五穀之利開門生宮主有金玉寶珍之益若凶星並門尅宮地盤臨衰墓而被傷者當詳干支門八卦外以而斷其人之災危若年干被傷則而斷其祖年支被傷則而斷其祖妣月干被傷則而斷其父月支被傷則而斷其母

日干被傷則而斷其己身日支被傷則而斷其妻妾時干被傷則而斷其子女時支干被傷則而斷其兒婦乾為老翁坤為母坎為中男離為中女艮為少男兑為少女震為長男巽為長女逐類而推應驗如神

占婚姻

如男家占以地盤為男家女家占以地盤為女家若門生宮上干生下干或干支帶合再合吉格其婚必成若門尅宮上下干支相尅相冲再合凶格婚必不

成若門宮比和干支帶合言之即就九星六儀三奇八門逢旺氣主富貴之家衰墓逢生漸發之家旺而受尅漸退之家若論男女相貌以九星所屬推詳旺相清奇衰弱則否應期以合定之

占孕育

以宮為母以門為子俱要旺相雖受尅而無妨母尅子易産子尅母難生若子無氣而受尅則傷子母無氣而受尅則傷母子母比和易生産而且平安若門星奇儀干支有氣而臨禄旺之官更合吉格生子富貴而有壽反此則否若陽星合陰宮則生男陰星合陽宮則生女天地二盤俱陽而包人盤之陰則生女天地二盤俱陰而包人盤之陽則生男三盤俱陰為純陰反陽則生男三盤俱陽為純陽反陰則生女如干支宮門星神陽陰俱旺而且均且相生而不相尅必生雙胎要知産期即看相冲相生日時決之

占行人

此時伏吟行人未動反吟来而且速若上干尅下干或上干生下干或門生宮或門尅宮或庚加日干行人即来若下干生上干或下干尅上干或宮生門或宮尅門或日干加庚行人不来如上干生尅下干而在墓衰宮行人来遲在旺相宮行人来速若上干遇壬癸臨旺祿宮又逢日時相生合吉格主有酒席相留合凶格或無舟楫或為水虛驚如上干在死絶之宮或被尅制及日時相犯主永不歸切忌與行年干支相為刑冲主死亡而或囚禁事之吉凶各以類推自知其詳歸期以上干與天盤定之如上干是歲干定在一歲之内上干是月干定在一月之中上干是交氣之干定在半月幸(上干)是日干定在十日内上干是時(干)定在目下其餘皆看天盤加於何宮如看天盤而知其該来適時直符是陽星從此干天盤加臨之宮于邉九宮順数数至此干所居之宮看是幾位則知幾日而来適時直符是陰星從此干天盤加臨之宮

於邊九宮逆數數至此干所居之宮看是幾位則知幾日而来或於干合之日時定之又如天盤是乾定于戌亥月日天盤是坤定于未申月日亦是一法

又思占行人之法當以天盤本命干為主符陽自天盤命干加臨之宮順数至地盤命干坐宮看邊九宮相隔幾位所過之宮有尅命干之干否如命干旺相一路無尅可保其必来如命干旺而尅命干者弱不過到此宮阻滞而已以九星八門之卦象推之可知

其為何人何事所阻如命干死絶所過之宮再有尅制定主客死他鄉符陰逆数倣此歸期如前

占疾病

以病者真年命為主看此真年命上遁成何格天盤之干尅命干否九星八門尅命宮否遁甲既成有凶格否有庚與白虎加命干否時日歲月之干尅命干否命干所坐之宮非死絶衰墓否如皆不犯可保生全如有所尅以十二地支八門九宮辨其何者受傷

則何處為病以類推詳必無不中如命干遁得奇儀旺祿生門加於其上兼之門來生宮上干生下干或時干日干遞生病者命干勿藥有喜如得天心星生命干及命宮更妙有生命干或尅命干尅命宮者其藥之湯丸亦可類推

占詞訟

天盤為原告地盤為被告天生地上生下被告勝地生天下生上原告勝天尅地上尅下被告受責地尅天下尅上原告受責上下兩相合則和息相比則兩平和之日於合日決之審結之日於冲日絕日決之

占遊獵

此時得驚死門合三奇吉格直符逢生旺必得獸逢衰墓必不得若門生宮或宮尅門干支帶合所獲必多如直符甲寅門上帶亥字以生合得野猪尅門上戌得豺狼尅門上未得獐子與門上卯比和得狐兎直符甲辰遇天盤甲午以生之得麅獐遇門上亥為

財得野猪直符甲午遇天盤甲子防凤驚而有坑陷
之憂遇天盤甲寅得虎豹狼遇門上卯以生之當得
狐兎遇門上酉得野雞直符甲申天盤甲戌以生之
得豺狼遇天盤甲寅防見虎豹而馬驚遇門上未以
生之得獐子與鷹鷂直符甲戌得天盤甲午以生之
得雀與鹿獐與門上外合得狐兎尅門上亥得野猪
直符甲子與天盤甲午相冲雖得鹿獐須防馬驚逢
門上酉以生之得雉雞如天心開門生宮得天鵞或

遇良馬天芮龍死門生宮得牝物或黑色物天蓬與休
門生宮得野猪或水中物天英與景門生宮得雉雀
天冲與傷門生宮得狐兎天輔與社門生宮得雞雁
或喜鳴之禽蟲天任與生門生宮得虎得狐或黠喙
之禽或得狗天柱與驚門生宮得野羊如門尅宮上
干尅下干必生禁獸傷之人慎之雖然將官與兵丁不可
不分已為將官則看直符已為兵丁則看時干未出
門而先占以地盤上直符時干為人天盤與門為物

巳出門而方占以天盤上直時干為人物（姚）盤與門為物物生人人尅物則有所得人生物則不得物尅人則帶傷相冲則馬驚相冲而人尅物則（都）無妨相冲而物尅人恐傾跌而人帶傷若夫子與午寅與申辰與戌符冲丑與未卯與酉巳與亥支冲也甲與庚乙與辛丙與壬干冲也如一九二八三七四六休景生死傷驚開杜皆宮門之對冲即有所得馬驚不免若擇門擬射惟驚死二門為宜門（可）用詳之

占飲食

此時門生宮或天上奇儀生地下奇儀或比和而得旺氣主欲謁客則飲食衎衎反此雖見而不食宮生生門地生天氣旺而比和客去訪主則夏屋渠渠反此則至而撤饌若問何飲食以宮門支儀之卦類而推如乾為手（燒）餅饅頭合包丸（子）魚馬肉猪肉多骨辛辣猪頭形圓之物坤為牛肉腹臟野味五穀土中之物（長麵細粉）震為蹄肉竹筍酸味之味（物）巽為雞肉藕菜酸味之物

坎為猪肉海味宿食醃藏味醎或帶核之物離為雉肉煎炒爐食餛飩中虛之物艮為薯芋筍芽諸雜粧顆之物兑為饅頭包子糖餅饒餅羊肉宿食辛辣有口或澤中之物此八卦之所屬若夫子為湯酒丑為牛肉寅為木果而味酸卯為兎肉而其同寅辰爲有龍為是味甘之巳豈食蛇或有煎炒曲屈之味午非馬肉定是火腿燒臘或味苦之食未為羊而申豈食猴或為薑而為蒜或為葱而為韭酉必食雞外此同

申戌非狗肉必是蒸飯亥是猪肉亦為酢醬醎魚細心推之猶如入廚而數

占賊来否

以六庚為賊以日干坐宮為定冬至後自坎至巽為内自離至乾為外夏至後自離至乾為内自坎至巽為外天盤庚加本日干主賊本日来陽符後干一位如直符屬陽星日干居一宮庚加後一位九宮陰符前干一位如直符屬陰星日干居一宮庚加前一位二宮主賊明日来陽符後干二位主賊第三日

来陽符若後干三位主賊在境外必不来侵若庚加在内主賊入内庚加在外賊只在外位次以邊九宮分内外以内八卦分此法乃予之所心會也與六壬遊都法同

占賊方位

視玄武所立之支為来方視其支加臨之宮為去方如玄武乘二馬（天馬驛馬也天馬正月在午順行六陽支驛馬申子辰在寅亥卯未在巳寅午戌在申巳酉丑在亥）其賊必從其方踰垣越屋而入若無二

馬必穿穴而入若玄武與長繩（正月在酉逆行四仲）懸索煞（正月在卯逆行四仲）併者主賊跳屋從天隨緣索而下玄武屬陽為男子屬陰為女人有氣為少無氣為老次看何類人為賊寅為吏卯為經紀辰戌為屠兒或軍卒巳為手藝人或店為爐冶人丑午為客旅申為犯過人未為酒戶或熟識人酉為消鎔金銀或賭錢不然是酒客亥子非水夫即漁翁舟人吉神併者豪家縱子凶神併者外姓惡兒法法須用穴六壬占之方得詳細

占捕捉

以六癸為逃人以加臨為去方如六癸加一二三四宮急赶必見如臨七八九宮逃則無追要知逃人何方從天上六癸加臨之方去追如臨一宮往正北去方衰墓受尅為一里衰墓為（無）尅為十里旺相為百里旺而又逢生其人已出百里之外追之何及如加二宮往西南去其方衰墓受尅為二里衰墓無尅為二十里旺相為二百里旺相而又逢生其人已出二百

旺相而又逢生其人已出二百里之外欲追末由餘倣此

占人在何方

先看本命為某甲所管即於本節局中審某甲令坐某宮某星為直符乃於直符之下陽遁依次順查陰遁依次逆查看本命在地盤何宮再以奇門之法遁成格局即知其人今在某方局吉而與命相生其人在某方吉局凶而與命相尅其人在某方凶假令六

月初一日是壬寅日巳酉時占庚戌命人在何方吉凶此係小暑中局陰遁八局法當于八局地盤逆行庚戌命属甲辰所管令甲辰在四宮乙巳在三宮丙午在二宮丁未在一宮戊申在九宮己酉在八宮庚戌在七宮知其人在西方方方再遁成格局以斷吉凶餘倣此

三合

亥卯未會木局　寅午戌會火局　巳酉丑會金局

申子辰會水局　假令天地二盤之中有亥卯未而無未應在未月日時有卯未而無亥應在亥月日時餘倣此例

六合

子與丑合　寅與亥合　卯與戌合　辰與酉合

巳與申合　午與未合　假令天地二盤有子而無丑應在丑月時有丑而無子應在子月日時餘倣此例

五合

甲與己合　乙與庚合　丙與辛合　丁與壬合

戊與癸合　假令天地二盤有戊而無癸應在癸月日時有癸而無戊應在戊月日時有乙而無庚應在庚月日時有庚而無乙應在乙月日時餘倣此例

三奇合

天上三奇甲戊庚　地下三奇乙丙丁　假令天地二盤有乙丙而無丁應在丁月日時有丙丁而無乙應在乙月日時餘倣此例

八卦十干納合

乾卦納甲　坤卦納乙　離卦納己　坎卦納戊

艮卦納丙　巽卦納辛　震卦納庚　兌卦納丁

假令為乾卦所生其美事應在甲月日時為乾卦所尅其惡事亦應在甲月日時餘倣此例

八卦十二支配位

戌亥配乾　子配坎　丑寅配艮　卯配震　辰巳配巽　午配離　未申配坤　酉配兑　假令為卦乾所尅其惡事多戌亥之月日時為乾卦所生其美事多應在戌亥之月日餘倣此例

天地德合

其法取天干與天干合地支與地支合為應期　假假令中甲子取巳丑月日為應期盤中巳丑取申子月日為應期以甲與巳合子與丑合也餘倣此例

驛馬冲合　占行人用

申子辰馬在寅　亥卯未馬在巳　寅午戌馬在申巳酉丑馬在亥　子與午冲　丑與未冲　卯與酉冲　辰與戌冲　巳與亥冲　子與丑冲　寅與亥合　卯與戌合　辰與酉合　巳與申合　午與未合　如本命居驛馬之宮或與驛馬同宮皆主動身

假令子命坐八宮八宮属艮申子辰馬居寅寅為

艮宮之所屬是其命居驛馬宮也不然子命與寅馬同居一宮之中主主動身但其起身之期多應在冲到家之期多應在合又占成全事多應在合占解散事多應在冲細心推測無有不驗

旬空

凡有所占俱忌空亡如逢空亡則吉不成吉凶不成凶出門見驗者皆不驗

甲子旬中空戌亥　甲戌旬中空申酉　甲申旬中空午未　甲午旬中空辰巳　甲辰旬中空寅卯

甲寅旬中空子丑

四大空亡

子午旬無水　寅申不見金

旬空者一旬十干十支末後二支有支而無干故曰空亡　四大空亡以甲子甲午旬中納音無水甲寅甲申旬中納音無金

卦中空亡

立冬後到乾宮遇甲午甲申甲戌時不可用遇壬子
壬寅壬辰時亦不可用以乾卦納甲中原無甲午
甲申甲戌與壬子壬寅壬辰也
冬至後到坎宮遇戊子時不可用以坎納戊子為坎
之本位是重逢則為空亡也
立春後到艮宮遇丙寅時與丑時不可用以艮納丙
丑寅為艮之本位重逢則為空亡也
春分後到震宮遇庚及卯時不可用以震納庚卯為

震之本位重逢則為空亡也
立夏後到巽宮遇辛巳及辰時不可用以巽納辛庚
巳為巽之本位重逢則為空亡也
夏至後到離宮遇巳及午時不可用以離納巳午為
離之本位重逢則為空亡也
立秋後到坤宮遇乙丑乙亥乙酉時不可用遇癸未
癸巳癸卯時以不可用以坤卦納甲中原無乙丑
乙亥乙酉與癸未癸巳癸卯也

秋分後到兌宮遇丁酉時不可用以兌納丁酉為兌
之本位重逢則為空亡也
鬼谷三元註解
陰陽順逆妙難窮一千八十是來踪
奇門之法黃帝命風后為之冬至至芒種順布六
儀逆布三奇夏至至大雪逆布六儀順布三奇以
一日十二時立成十二局每一季三個月共該一
千八十時乃立一千八十局此其法忽順忽逆神

秘難窮究其所以一千八十是其來踪也奇門一
得謂其失來踪者豈知當時以一季一千八十時
立成一千八十局哉
符使變化無窮極統領奇儀歷九宮
九星為直符八門為直使其變化無有窮極詳見
下文直使常加時支布為八門歷九宮而不帶奇
儀直符常加時干列成九星歷九宮而帶奇儀以
行不但具帶奇儀也欲細推之將本人之年命及

九宮中所有之干支俱帶之而遍歷九宮也

地道安然奇儀定六十時終節局移

地地盤也地道常靜故五日一元之局共六十時皆於本局之宮起甲子以定六儀起戊字以定三奇五日一元之中自甲子至癸亥其局終而方換一元則節局於是乎移焉

天星運轉有順逆左右陰陽是主基

天天盤也天道常動其星之運轉於九宮也有逆有順自坎至巽左半為陽其星其門皆屬陽而順行自離至乾右半為陰其星其門皆屬陰而逆行當日風后之制奇門也先以八卦論八節自冬至至芒種皆左半之陽卦用事故地盤皆順布自夏至至大雪皆右半之陰卦用事故地盤皆逆行其其用奇門也符使屬左半之卦者皆順行符使屬右半之卦者皆逆行是星之順逆不以冬至夏至為主基而以左右陰陽為主基也池本理不知此

理見古經中冬至後有用陰符陰使而逆行者夏至後有用陽符陽使而順行者以為經術不明隐伏之事何其以一蒙而引羣蒙哉

若遇天英為直事英任柱心逆推之天蓬芮冲輔順轉八門例此不須疑

若九宮之天英為直符則當以英任柱心禽輔冲芮蓬為序而逆布之若一宮之蓬天為直符則當以蓬芮冲輔禽心柱任英為序而順布之至於八門陽為直使亦當以休死傷杜開驚生景為序而順布之陰為直使亦當以景生驚開杜傷死休為序而逆布之

八門入五一中居七將行宮閑閑虛

宮共有九門止有八以門之八而歷行乎宮之九必有一門居中而門所不到之宮則無門而為虛陽星陽門加陰宮之上為閑陰星陰門加陽宮之上為閑其一虛者猶六甲之空亡也

直到中宮皆本位此時用法奪天機時臨何處即符使辨別陰陽順逆飛

天禽居中天子也餘八星鎮守八方諸侯也天禽若作直符猶天子居京師而不動諸侯皆聽命而為使看時到何宮加天禽到何宮即勅書下須何國其宮所屬之門即為直使仍照常以星加時干以門加時支陽順陰逆遍歷九宮

御定奇門秘訣卷之三終